Elsbeth Walch

Ausgerechnet zum Weihnachtsfest!

Zwei Weihnachtserzählungen

Verlag der
St.-Johannis-Druckerei
C. Schweickhardt
Lahr-Dinglingen

CIP-Kurztitelaufnahme der Deutschen Bibliothek

Walch, Elsbeth:
Ausgerechnet zum Weihnachtsfest: 2 Weihnachtserzählungen / Elsbeth Walch. – Lahr-Dinglingen: Verlag der St.-Johannis-Druckerei C. Schweickhardt, 1980.
(TELOS-Bücher; Nr. 277: TELOS-Großdruck-Taschenbücher)

ISBN 3 501 00213 0

TELOS-Großdruck-Taschenbuch Nr. 277
Umschlagentwurf: Archiv

Gesamtherstellung:
St.-Johannis-Druckerei C. Schweickhardt, 7630 Lahr
Printed in Germany 7424/1980

Inhalt

Ausgerechnet zum Weihnachtsfest!

»Na – haben wir es nicht hübsch jetzt hier oben?« Mutter Gwendels Gesicht strahlte vor Stolz und Zufriedenheit. Sie hatte ihren Sohn, die neue Schwiegertochter und das Bärbelchen durch die nun fertig eingerichtete Mansardenwohnung geführt und darauf geachtet, daß alles gehörig bewundert wurde: die duftigen Gardinen, die Teppichböden – und natürlich der gute Geschmack, mit dem sie alles ausgewählt und aufeinander abgestimmt hatte. Mutter Gwendel tat sich etwas darauf zugut, daß sie zwar eine schlichte Landfrau war, aber einen klaren Verstand besaß und einen sicheren Blick für das Schöne und Passende. »Wollt ihr euch nicht noch ein Weilchen zu uns setzen? Ich mach uns einen Kaffee, ein Hefezopf ist auch da, noch frisch und ganz mürb –«

»Nein, vielen Dank, Mutter – wir sind auf den Abend bei Hanfrieds eingeladen und wollen lieber vorher nichts mehr essen. Übrigens, Bärbelchen wird dann zwar schlafen, hoffentlich; aber wir sind doch ruhiger, wenn wir wissen, ihr habt ein wenig acht, daß unten alles in

Ordnung ist. Hörst du, Bärbelchen, wenn du Angst bekommst, darfst du nach Opa und Oma rufen.«

»Aber freilich«, fiel Mutter Gwendel ihrem Sohn eifrig ins Wort. »Ich werd unsre Glastür angelehnt lassen und immer wieder hinunterhorchen. Da könnt ihr ganz ruhig sein. Übrigens – Hannes, einen kleinen Wunsch hätt ich noch: Hier, das Bild mit dem blauen Rittersporn – du weißt, ich mag es besonders, aber so hinter der Wohnwand kommt es nicht zur Wirkung, es hat zu wenig Licht. Ich hätte es gern über dem Sekretär. Vater möchte es mir aufhängen, aber ich hab's nicht gern, wenn er auf Stühle klettert, er ist nicht mehr so sicher auf seinen Beinen. Und für dich, Hannes, ist's eine Kleinigkeit, nicht wahr.« Sie öffnete schon den Einbauschrank, wo der Werkzeugkasten aufbewahrt wurde.

»Aber freilich, Mutter, das mach ich gern«, sagte Hannes. »Es eilt ja nicht – wir haben drunten noch einiges zu tun, weil wir doch weg wollen; aber morgen komm ich dann rauf und mach das.«

Mutter Gwendel schloß den Schrank wieder, und es gelang ihr, sich keine Verstimmung anmerken zu lassen.

Sie waren schon an der Glastür, da kam ihnen Mutter Gwendel nachgelaufen und drückte dem Kind etwas Eingewickeltes in die kleinen Hände: »Hier – daß wenigstens Bärbelchen Hefezopf essen kann. Und morgen zum Frühstück – du magst ihn doch so gern, Hannes. Wir zwei Alten werden allein doch nicht damit fertig.«

Vater Gwendel saß behaglich in seinem Fernsehstuhl, eine Zeitschrift in der Hand. Er blickte auf und lächelte, als seine Frau sich neben ihm auf dem Sofa niederließ. »Ich weiß schon«, sagte sie ein bißchen ärgerlich, »du tust, als wenn du liest, aber dabei hörst du und siehst du alles und denkst dir dein Teil. Es würde dir nicht schaden, auch einmal ein Wörtchen mitzureden.«

»Soll ich auch noch reden – wenn du das doch die ganze Zeit tust?« Es klang ehrlich verwundert, aber Mutter Gwendel sah wohl den Schalk in seinen Augenwinkeln lauern.

»Sie gefällt mir«, sagte sie ohne Übergang, »sie gefällt mir wirklich. Ihr Auftreten ist freundlich und bescheiden, ich bin sicher, sie weiß es zu schätzen, daß sie in ein solch ordentliches Haus einheiraten konnte. Das Kind allerdings – das sollte besser nicht dasein . . .«

»Sag so was nicht«, warf jetzt Vater Gwendel ein.

»Ach – ich mein's auch nicht so. Du verstehst mich schon – es wäre mir lieber, sie hätte kein Kind mitgebracht. Aber da es nun einmal da ist, wollen wir es liebhaben und ihm gute Großeltern sein. So Gott will, werden ja auch noch weitere hinzukommen, und da soll kein Unterschied sein. Übrigens – ich glaube, Bärbelchen ist von keinem schlechten Vater, sie ist ein nettes und wohlerzogenes kleines Ding. Aber ich werde keine Fragen stellen – ich weiß, Hannes mag es nicht leiden, er ist da ganz nach dir geraten. Wenn er es mir nicht einmal von sich aus – ich denke doch, er wird es ja wissen . . .«

Man hörte rasche Schritte die Treppe herauf. »Das ist Hannes«, sagte seine Mutter ohne Zögern. Es war Hannes, und er war ein bißchen verlegen: »Ich hätt noch ein wenig Zeit, Mutter, wenn es dir recht ist, häng ich das Bild gleich an den richtigen Platz. Dann brauch ich nicht mehr dran zu denken!« Er hatte schon das Handwerkszeug aus dem Kasten genommen, mit wenigen sicheren Hammerschlägen bekam der blaue Rittersporn seinen neuen Platz. Mutter Gwendel betrachtete ihn mit Entzücken. Aber während Hannes eilig den Schrank wieder schloß, fragte sie unüberhörbar: »Hat dich deine Hannelore geheißen, es jetzt gleich zu tun?«

»Ja, Mutter. Aber ich hab's eilig – lebt wohl miteinander.« Und fort war er. Den nachgerufenen Dank seiner Mutter hörte er wohl gar nicht mehr.

Mutter Gwendel ließ sich mit sichtlicher Genugtuung wieder auf dem Sofa nieder. »Hast du das gehört, Vater? Hab mir doch gleich so was gedacht! Weißt du, als er vorhin auf meine Bitte nicht gleich einging, da hab ich beobachtet, wie seine Hannelore ihn vorwurfsvoll angeschaut hat. Er hat nicht darauf geachtet. Obwohl er weiß, wie ich es hasse, wenn solche Kleinigkeiten auf die lange Bank geschoben werden. Er hätte es morgen natürlich vergessen gehabt – ohne Ende hätte ich ihn dran mahnen müssen. Er denkt ohnehin, das Bild hängt am einen Platz so gut wie am andern. Aber nun hat sie ihn ermahnt, seiner Mutter den Gefallen zu tun – und keine drei Minuten hat er dafür gebraucht! Ich hoffe, daß sie einen guten Einfluß auf ihn hat, das ist mehr wert, als wenn sie eine große Aussteuer ins Haus gebracht hätte. Er braucht ja nicht ebensolch ein Brummer und Bruttler zu werden wie sein Vater.« Sie lachte wohlgelaunt und tätschelte ihrem Mann liebevoll die abgearbeitete Hand, die ihr zunächst auf der Sessellehne ruhte. »Ich glaube wirklich, Vater, wir können uns zu unserer Schwiegertochter gratulieren!«

Vater Gwendel murmelte etwas Unverständliches.

»Was hast du gesagt, Vater?«

»Den Vogel, der zu früh pfeift, holt am Abend die Katz«, sagte Vater Gwendel und senkte das Gesicht wieder über seine Zeitschrift.

»Unsinn«, sagte seine Frau. »Die alten Sprichwörter enthalten zwar manche Weisheit. Du meinst wohl, man solle den Tag nicht vor dem Abend loben. Nun ja, das weiß ich auch. Aber wir müssen uns nicht an Sprichwörter halten. Wir beide wissen doch, worauf wir vertrauen dürfen. Wie lange haben wir gebetet um eine brave Schwiegertochter – es ist ja so wichtig für uns, wenn man nur den Einzigen hat und unter einem Dach lebt miteinander. Aber nun wollen wir es glauben, daß uns die richtige Schwiegertochter geschenkt worden ist. Zwar – das hab ich schon gemerkt, von Bibellesen und Kirchgang hält sie nicht allzu viel. Aber sie hat den besten Willen, ihren Platz recht auszufüllen. Und an uns soll es nicht fehlen: sie soll an uns ein gutes Vorbild haben. Nicht mit frommen Redensarten – ich weiß, dahinter versteckt sich oft genug Engherzigkeit und Heuchelei. Nein, wir wollen ihr mit lauterer Herzensgüte begegnen und zuliebe tun, was wir nur können, auch dem Kind. Schon daß wir die Wohnung drunten geräumt haben und hier heraufgezogen sind – mit den schiefen Wänden –. Ich hoffe, daß dir das Treppensteigen nicht mit der Zeit beschwerlich wird . . .«

Vater Gwendel äußerte hinter seiner Zeitschrift nur ein undeutliches Brummen, mit dem er ausdrückte, daß sie keinen Grund habe, sich seinetwegen im geringsten zu beunruhigen.

»Ob du es wahr haben willst oder nicht«, fuhr sie nachdenklich fort, »wir sind nicht mehr die Jüngsten. Ich bin ja froh, daß du den Garten noch versorgen kannst und die Obstwiese und den Kartoffelacker. Und ich helf dir gern dabei. Neben dem Haushalt. Aber unsre Kräfte nehmen ab. Hast du es dir schon überlegt: Im Dorf werden wir künftig ›die Alten‹ sein. Hannes und seine Frau – das sind jetzt die Gwendels. Und wir oben, wir sind ›die alten Gwendels‹ – ja ja, so geht das im Leben.«

Ihr Mann ließ das Blatt sinken und blickte

auf. Sie schaute ihn erwartungsvoll an, daß er auch einmal seine Meinung sage.

»Sagtest du nicht, Mutter, du wollest einen Kaffee machen?« fragte er.

»O Vater, entschuldige. Ja, natürlich mach ich den!« Und lachend verschwand Mutter Gwendel in die Küche.

Monate waren vergangen. Mutter Gwendel trat in das Krankenhauszimmer, wo ihr Mann erfreut ihr entgegenblickte. Es war ein Doppelzimmer, aber das zweite Bett war gerade heute frei geworden. Mutter Gwendel war froh darüber, so konnte sie ihrem Herzen freien Lauf lassen. Noch ein wenig atemlos ließ sie sich auf dem Stuhl dicht neben dem Krankenbett nieder. Prüfend lag ihr Blick auf dem Gesicht ihres Mannes. Es war schmäler geworden oder wirkte doch schmäler in all dem Weiß, das es umgab – die weißen Kissen, der Kragen des Nachthemds. Aber in all dem Weiß sah man erst recht, wie frisch und gesund dieses Gesicht aussah, trotz der Furchen des Alters. Die Haut rosig braun, von Wind und Sonne gegerbt, um Augen und Mund die Züge des Wohlwollens und fast unerschöpflicher Geduld, womit er seine Frau manchmal aufs äußerste reizte, und die sie doch an ihm liebte.

Sie mußte sich keine Sorgen machen um ihn. Er hatte eine harmlose Operation gut überstanden, bald würde er entlassen werden und heimkehren dürfen.

»Du kannst dir gar nicht vorstellen, wie ich mich darauf freue«, sagte sie mit einem tiefen Seufzer. »Seit du weg bist, liegt es auf mir wie eine unerträgliche Last, sie wird jeden Tag drückender . . .«

»Hm – versteh ich nicht.« Vater Gwendels Stirn umwölkte sich in staunendem Nachdenken. »Du warst doch mit dem Einmachen fertig – die Brombeermarmelade, die haben wir noch miteinander . . . und die Kartoffeln – da fehlte nur noch das Stück am Rain – sagtest du nicht, Bärbelchen habe dir dabei geholfen? Im Garten – das habe ich dir ja gesagt – sollst du alles lassen, wie es ist. Ich schaff das Abräumen noch gut vor dem Winter.«

Das war eine mächtig lange Rede für Vater Gwendel.

»Aber Vater, so meinte ich es ja nicht. Nein, die Arbeit ist es nicht, die mich belastet. Obwohl – ich rackere mich ab von früh bis spät, du weißt, ich muß es sauber und ordentlich haben um mich herum. Die Wohnung, das Treppenhaus, der Hof, die Scheune – ja, und auch der Garten: da gehen die Leute Tag für Tag am Zaun vorbei und schauen drüber weg, ich seh das doch von meinem Giebelfenster aus. Nicht alle wissen, daß du im Krankenhaus liegst. Was sollen sie denn von uns denken? Mit der Hilfe ist's nicht weit her. Ja, das Bärbelchen war mit in den Kartoffeln, und eine Zeitlang hatte sie es sehr wichtig mit aufklauben und einfassen. Aber dann war der Eifer mit einemmal erlahmt. Sie fing an, am Bachweg nach Blumen zu suchen, wollte sich unbedingt ein Kränzlein flechten und der Mutter ein Sträußlein mit heimbringen. Daß ich mich um so länger nach den Knollen bücken mußte, darum bekümmerte sie sich nicht.«

»Ist noch 'n Kind«, murmelte Vater Gwendel.

»Ach – ich weiß nicht – so klein ist sie ja auch nicht mehr. Und Kraft hat sie – auf dem Heimweg zog sie den Leiterwagen fast allein. Vor lauter Übermut lief sie damit voraus. Und als ich rief, sie soll langsam tun, ich wolle schieben, da lachte sie und schrie: ›Du brauchst nicht zu schieben – sitz lieber auf, dann zieh ich dich noch mit.‹«

Vater Gwendel sagte nichts darauf, doch über sein Gesicht ging ein beifälliges Schmunzeln. Seiner Frau entging das nicht. »Ich weiß schon, du hast deinen Spaß an dem kleinen Ding, und ich auch, das will ich nicht bestreiten. Aber ich ärgere mich doch manches Mal über ihr vorlautes Mundwerk. Als wir die Kartoffeln heimfuhren – der Mühlenweg ist so schön grasig, und mir taten die Füße weh, schlüpfte ich also aus den klobigen Schuhen und ging eine Weile barfuß. Da blieb Bärbelchen stehen, zog eine Schnute und sagte: ›Oma, so mag ich nicht mit dir gehen. Wenn uns jemand begegnet – du mit deinen wüsten Zehen –!‹ Dabei weißt du doch – ich hab noch Füße wie eine Junge!«

Jetzt lachte Vater Gwendel übers ganze Gesicht, es war so ansteckend, daß die Frau wider Willen ein bißchen mitlachen mußte. »Ach, ich weiß schon, du kannst so was nicht ernst nehmen – nun ja, vielleicht ist's auch wirklich zum Lachen. Aber da sind andere Dinge, die mir zu schaffen machen, und dabei gibt's wirklich nichts zu lachen. Die Hannelore kann es sich ruhig mitansehen, wie ich die Hausstaffel scheuere, wie ich den Hof kehre und in den Wegen Unkraut hacke. ›Du solltest dich nicht so plagen‹, sagt sie scheinheilig und geht dann ihres Wegs. Ja, freilich – mag sich die Alte nur schinden, um so eher macht sie für immer die Augen zu!«

Das klang voller Bitterkeit. Auf Vater Gwendels Gesicht war das Lachen erloschen. »Ich glaube, Mutter, jetzt wirst du ungerecht«, sagte er heiser.

»Ungerecht? Findest du es gerecht, wenn ich alle grobe Arbeit im Haus tue? Ich backe noch jede Woche das Brot für uns alle, immer auch Kaffeebrot und einen Kuchen für den Sonntag dazu. Aber du wirst mir nicht glauben wollen – Hannelore bedankt sich kaum, wenn ich die Backsachen hinunterbringe. Da heißt es: ›Wir können doch ebensogut unser Brot kaufen, wir wollen nicht, daß du dir all die Mühe machst!‹ Aber unser Hannes hat noch niemals gekauftes Brot essen müssen, oder Schwarzbrot in seinen Frühstückskaffee. Die würden wohl Augen machen, wenn ich damit aufhören würde . . .«

Vater Gwendel gab wieder sein undeutliches Murren von sich – es klang keinesfalls nach Zustimmung, und das erbitterte seine Frau erst recht.

»Sie mag keinen Schmutz anfassen – dafür bin ja ich da«, brach es aus ihr heraus. »Immer nett angezogen, hübsch frisiert, die Finger weich und gepflegt – ja, damit hat sie den Jungen eingefangen, und er ist ihr hörig, du brauchst keine Brille, um das zu sehen. Ich hab doch Augen im Kopf – er kann ihr nichts abschlagen, alles geht nach ihrem Kopf.«

»So ähnlich wie bei uns«, warf Vater Gwendel ein und blinzelte.

Seine Frau musterte ihn argwöhnisch; aber es war seiner Miene nicht anzusehen, wie ernst er die Bemerkung gemeint hatte.

»Ach – mach doch keine Witze«, fuhr sie fort. »Jedenfalls hab ich niemals eine Mühe gescheut, für meine Familie zu sorgen. Sie dagegen – stell dir vor, sie steht in der Frühe nicht auf, um Hannes den Kaffee zu kochen. Er muß ihn aus der Thermosflasche trinken, damit sie im Bett bleiben kann. Ganz leise wie ein Dieb schleicht er sich aus dem Haus, wenn er zur Arbeit geht.«

Sie machte eine Pause, blickte ihren Mann an, daß er doch auch seine Meinung dazu sage.

»Ganz vernünftig«, brummelte er. »So wird auch das Kind nicht zu früh geweckt.«

»Ach was – sie ist ganz einfach faul! Vorige Woche, was glaubst du, hat sie den Sonntagsanzug von Hannes zur Reinigung gegeben – ich hab zufällig gesehen, wie der Kiefer-Martin ihn zurückgebracht hat. Wär mir so etwas je in den Sinn gekommen? Ich hab jede Woche die Anzüge gebürstet und Flecken entfernt, keins von uns hat sich jemals schämen müssen! Aber das ist ihr zuviel Mühe. Ich möchte wirklich wissen, was sie den ganzen Tag treibt, wenn Hannes bei der Arbeit ist.«

»Sie ist geschickt im Nähen«, sagte Vater Gwendel. »War doch bis zur Heirat in der Kleiderfabrik, dort hat man sie sehr geschätzt. Sie mußte die komplizierten Schnitte anfertigen, das erzählte erst neulich jemand. Soviel ich weiß, näht sie auch jetzt noch für Bekannte . . .«

»Ja, das tut sie wohl«, gab Mutter Gwendel zu. »Aber solch Gestichel ist doch keine richtige Beschäftigung, wie man sie von einer jungen und gesunden Frauensperson erwarten kann! Und jedermann hält es für selbstverständlich, daß ich die eigentliche Arbeit tue, mich um alles kümmere. Wenn ich ihnen nicht wieder all die Gläser mit Eingemachtem auf ihr Regal gestellt hätte – ich weiß wahrhaftig nicht, was sie aufs Brot streichen wollten!«

»Probier's doch aus – laß es einfach bleiben . . .«

Jetzt schnaubte Mutter Gwendel vor Ärger.

»Wirklich, Vater, so gesprächig wie heut warst du in Jahren nicht. Aber überleg doch mal: Ich soll nichts mehr für die Jungen tun!? Dabei rakkerst du dich selbst mit dem Garten ab, Tag für Tag, nur um ihnen Salat und Gemüse und Obst korbweise vor die Hintertür zu legen – die Hannelore kann damit noch ihre ganze Verwandtschaft versorgen.«

Er gluckste ein wenig, um auszudrücken, daß er dies für stark übertrieben halte. Er hatte seine eigenen kleinen Geräusche, mit denen er sich eine ausgesprochene Antwort zu ersparen pflegte. Aber damit gab sie sich diesmal nicht zufrieden.

»Tust du das etwa nicht, he? Und immer ohne Dank!«

Er besann sich eine Weile. »Der Garten ist meine Freude, was sollte ich sonst tun? Die Bedankerei kann ich nicht ausstehen.«

Mutter Gwendel schwieg, sichtlich betroffen. Er konnte es wirklich nicht leiden, wenn man ihn mit Dankesworten überschüttete, er verstand es immer, dem auszuweichen. Aber seltsam – gerade ihm gegenüber schien die Schwiegertochter immer voll Anerkennung und Dank. Ihm tat sie zuliebe, was sie konnte . . .

»Sag mal, Vater, hat sie dir diese Blumen

gebracht?« Mutter Gwendel beäugte plötzlich voller Mißtrauen einen Prachtstrauß auf dem kleinen Tisch am Fenster. Wunderbar fremdartige Blüten, jeder einzelne Stengel durch feinen Blumendraht gestützt.

Einer seiner eigentümlichen Knurrlaute bestätigte ihre Vermutung.

»Oh – das ist wieder typisch!« brach es aus ihr heraus. »Blumen aus der Gärtnerei – was die bloß gekostet haben! Dabei hab ich den Garten voller Dahlien und Chrysanthemen in den herrlichsten Farben. Du hast mir verboten, Blumen mitzubringen – du kämest dir sonst wie in einer Leichenhalle vor – ja, so hast du gesagt. Aber von ihr nimmst du sie an . . .«

»Hätt ich sie ihr nachwerfen sollen?« fragte Vater Gwendel.

»Nein, natürlich nicht.« Mutter Gwendel versank in Nachdenken, sehr gegen ihre Gewohnheit. Und plötzlich sagte sie: »Dich mag Hannelore gern. Aber mich – ich glaube wirklich, mich haßt sie. Kannst du das begreifen? Was habe ich ihr denn getan? Doch nur lauter Gutes . . .«

»Aber was du über sie denkst . . .«, gab Vater Gwendel zu bedenken.

»Was ich über sie denke? Das behalte ich

schön für mich. Dir allerdings mußte ich es heut einmal sagen, sonst meine ich, ich muß dran ersticken. Aber sonst sprech ich darüber mit keinem Menschen, das kannst du mir glauben. Was kann ich dafür, daß mir nichts entgeht! Aber ich behalte alles für mich, ich gehöre nicht zu den Vögeln, die ihr eigenes Nest beschmutzen. Das Allerschlimmste hab ich dir noch gar nicht gesagt ...«

Ihre Stimme sank zu einem Flüstern und brach ab, denn eine junge Schwester war eingetreten, um dem Patienten die Kissen aufzuschütteln. Schwester Liesel schien bereit, nach ihrer Gewohnheit ein paar Scherzworte dabei auszutauschen. Doch sie empfand schnell die gespannte Atmosphäre und beeilte sich, das Zimmer wieder zu verlassen. Vater Gwendel blickte seine Frau fragend an. »Das Schlimmste ...?«

Sie zögerte. »Ich weiß, es ist nur ein unbestimmter Verdacht. Aber es gefällt mir nicht – es gefällt mir ganz und gar nicht, und ich bin froh, daß ich es dir sagen kann: da kommt – schon seit Wochen – ein junger Mann ins Haus – nein, so ganz jung ist er auch wieder nicht, mittleren Alters, könnte man sagen. Er stellt seinen Wagen beim Birnbaum am Schuppen ab und geht mit einer Aktentasche ins Haus. Und erst nach längerer Zeit verläßt er es wieder. Zuerst dachte ich, es sei ein Reisender, und fand nichts dabei. Aber nun kommt er wieder und wieder, immer zu einer Zeit, wenn Hannes bei der Arbeit ist. Das Kind wird offenbar fortgeschickt, ich sehe Bärbelchen dann im Hof herumhüpfen oder auf dem kleinen Fahrrad über die Straße sausen.«

»Was findest du schlimm daran?« fragte Vater Gwendel, als seine Frau nicht weitersprach, ihn nur mit runden Augen anblickte.

»Aber Vater – muß ich deutlicher werden? Begreifst du nicht, daß hier etwas nicht stimmt? Jedenfalls schickt sich das nicht – was sollen denn die Leute denken? Gerade Hannelore muß sich doppelt in acht nehmen, nachdem ihr das mit dem Kind passiert ist . . .«

Vater Gwendel blickte seine Frau an, ohne ein Wort zu sagen. Es wurde ihr unbehaglich, obwohl sie es an ihm kannte, dieses Verstummen, diesen Blick, der gleichsam in sich selbst versank. Er war schon immer so gewesen: wenn ihn etwas aus der Fassung brachte, so konnte er nicht auffahren und sich in Worten Luft schaffen; er bekam dann nur diesen starren, fernen Blick.

»Sag doch was – schau mich nicht so an«, drängte sie ärgerlich. Als er stumm blieb, begann sie mit nervösen Bewegungen, ihre Basttasche auszupacken. Frischgewaschene Nachthemden und Taschentücher, eine Dose mit selbstgebackenen Anisschnitten – sie zeigte ihm alles und gab ihre Erläuterungen; und da er nur abwesend dazu nickte, räumte sie alles sorgfältig in seine Fächer.

Draußen im Gang hörte man mit Geschirr und Bestecken klappern, offenbar wurde schon begonnen, das Abendessen auszuteilen. Das war für die Besucher immer eine Mahnung zum Aufbruch. Mutter Gwendel setzte sich nochmals zu ihrem Mann ans Bett und legte ihre schwielige Hand auf seine. »Ich muß jetzt gleich gehen, Vater. Du denkst also, ich mache alles verkehrt?« Es klang beinahe herausfordernd.

Der Mann bewegte unruhig seinen Kopf auf dem Kissen. »Weißt du noch, Mutter, wie die Hannelore ins Haus kam – was für eine Losung wir da hatten?«

»Oh ja, das weiß ich noch gut: ›Lasset euer Licht leuchten vor den Leuten, daß sie eure guten Werke sehen und euren Vater im Himmel preisen.‹ Ich weiß auch noch, was für gute Vorsätze wir da faßten. Wir waren überzeugt, der

Himmel habe uns diese Schwiegertochter beschert, und wir haben getan, was wir konnten, ihr zu helfen, daß sie ein rechtes Gotteskind wird. Aber sie hat sich dagegen verstockt. Sooft ich sie am Sonntagmorgen frage, ob sie mit mir zum Gottesdienst gehen will – immer weiß sie eine Ausrede. Sie schickt auch Bärbelchen nicht zum Kindergottesdienst – oder nur ganz selten. Den Vater im Himmel zu preisen – das wird ihr wohl niemals einfallen . . .«

Vater Gwendel nickte traurig. »Ich glaube, Mutter, wir haben versagt.«

»Wir – – versagt?«

Er wandte sein Gesicht zum Nachttisch, wo ein blaues Büchlein lag, das Losungsbüchlein, das sie zu Hause jeden Morgen miteinander zu lesen pflegten. »Du hast es mir ins Krankenhaus mitgegeben«, sagte er. »Aber nimm es wieder mit heim – ich hab noch anderes zu lesen. Nimm dir Zeit dafür – die Losung für heut ist wichtig.« Er nahm das Büchlein vom Nachttisch und steckte es in ihre nun fast leere Tasche. »Du mußt gehen, sonst versäumst du den Omnibus. Gute Nacht, Mutter – und vielen Dank auch für die Sachen.«

Die Tür ging auf, Schwester Liesel kam mit dem Abendbrot-Tablett herein. Mutter Gwendel streichelte ihrem Mann nochmals die Hand. Er hatte sich zurückgelegt und schloß die Augen – der Besuch hatte ihn sichtlich ermüdet, hatte ihn vielleicht mehr Kraft gekostet als die Operation, ging es ihr durch den Kopf. Und daran war Hannelore schuld . . .

Beim Hinausgehen griff Mutter Gwendel nach dem prächtigen Strauß auf dem Tischchen, sie nahm ihn aus der Vase und kramte in ihrer Tasche nach einem Blatt Papier, um ihn einzuschlagen. »Er fängt schon an zu welken«, murmelte sie, »ich nehm ihn mit.« Aber niemand nahm Notiz davon. Noch ehe sie das Krankenhaus verließ, stopfte sie die Blumen in einen Abfalleimer, den sie in einem Winkel erspäht hatte – es gewährte ihr eine grimmige kleine Befriedigung. Dann machte sie sich mit energischen Schritten auf den Heimweg.

Zu Hause gab es genug für sie zu tun. Doch vor dem Schlafengehen fiel ihr das Losungsbüchlein ein. Eigentlich war sie erschöpft – die Fahrt zum Krankenhaus strengte sie immer sehr an. Aber ihr Mann hatte es ihr aufgetragen, er würde vielleicht danach fragen. So schlug sie auf und las: »Besser ein Gericht Gemüse und Liebe dabei, als ein gemästeter Ochs und Haß dabei.« Das war ein alter Weisheitsspruch, sie erinnerte sich nicht, ihm schon einmal begegnet zu sein. Und sie besann sich eine Weile, was ihrem Mann daran so wichtig erschienen sein konnte. Haß – ja, der widerfuhr ihr von Hannelore. Aber sie fühlte ihr eigenes Herz frei davon. Und sie las das Wort aus dem Neuen Testament dazu: »Alle eure Dinge lasset in der Liebe geschehen!« Auch ein Liedervers stand dabei: »Der du selbst die Liebe bist, liebster Heiland, lehr uns lieben . . .«

Noch vor dem Einschlafen bewegten die Worte ihr das Herz, sie konnte nicht so leicht wie sonst Ruhe finden. Dachte ihr Mann etwa, sie habe es der Schwiegertochter gegenüber an Liebe fehlen lassen? Sie hege sogar so etwas wie Haß – bei all ihren guten Werken? Und plötzlich sah sie sich selbst vor dem Abfalleimer, wie sie mit wahrem Triumph die prächtigen Blumen zerknickt und hineingequetscht hatte. Sie hatte es in Gedanken an Hannelore getan, und ihr Herz war dabei nicht von Liebe bewegt gewesen – das mußte sie sich eingestehen. Gar zu lange hatte Hannelore ihre Liebe mißachtet – irgendwann ging auch die längste Geduld zu Ende. Obgleich – ja freilich, Jesus erwartete von seinen Jüngern Liebe und Vergebung ohne Schranken – aber wer konnte das erfüllen? Man blieb eben doch ein Mensch. Also gut, wenn ihr Mann das so meinte: sie hatte versagt, hatte nicht genug geliebt. Aber sie würde einen neuen Anlauf nehmen, würde sich neu üben in selbstloser Liebe und Geduld. An ihr sollte es nicht fehlen. Und Haß – nichts konnte ihr ferner liegen! Über diesen Gedanken schlief sie endlich ein.

Zwei Wochen vor Weihnachten hatte Vater Gwendel seinen fünfundsiebzigsten Geburtstag. Er war nun seit Wochen wieder zu Hause, er hatte den Garten aufs sorgfältigste eingewintert und fühlte sich wieder ganz wohl und gesund. Nur seine Frau stellte fest, daß seit seiner Operation sein Gang langsamer, manchmal fast etwas schleppend geworden war. Es berührte sie wehmütig, aber sie behielt es für sich: man wurde älter, da gingen Störungen nicht spurlos an einem vorüber.

Am Verhältnis zu ihrer Schwiegertochter hatte sich nicht viel geändert, das konnte sich Mutter Gwendel nicht verhehlen. Doch gab sie sich große Mühe, sich nicht anmerken zu lassen, wenn etwas sie ärgerte. Auch ihrem Mann gegenüber vermied sie, ihrem Ärger Luft zu machen; sie spürte, wie er darunter litt, und wollte ihn schonen.

Der Geburtstag sollte wie üblich in bescheidenem Rahmen gefeiert werden. Hannes allerdings schlug vor, diesen besonderen Tag ein wenig festlicher zu gestalten, er hatte dafür allerlei Vorschläge. Doch Mutter Gwendel lehnte alles hartnäckig ab. Da steckt ja doch nur seine Frau dahinter, redete sie sich ein. Die möchte all den Tamtam und Firlefanz. Kostete einen Haufen Geld und würde Vaters Gesundheit ganz unnötigerweise angreifen. Am liebsten hätte sie den Tag ganz in Ruhe mit ihrem Mann begangen. Ein paar Briefe von Verwandten und Bekannten – das waren ja fast durchweg auch ältere Leutchen –, ein paar Telefonanrufe und Glückwünsche, nein, mehr wollten sie nicht. Sie hatte einen herzhaften Rührkuchen gebacken, wie sie ihn gern in den Kaffee tunkten, auch einen Johannisbeerkuchen, daß sie für unverhoffte Gäste was anzubieten hatten.

Der Vormittag verlief auch ruhig. Aber am Nachmittag gab es lebhaften Umtrieb. Hannes hatte sich frei genommen, er kam zum Gratulieren und stellte mit strahlendem Gesicht eine prachtvolle Marzipantorte auf den Geburtstagstisch, kunstvoll verziert und lecker anzusehen. Bärbelchen stand neben ihm und ließ kein Auge von der Torte. »Herzlichen Glückwunsch, lieber Opa! Wann wird sie angeschnitten?«

Auch Hannelore erschien, mit einer Weinflasche. Sie stellte Gläser und Kuchenteller auf dem Tisch bereit, um der Schwiegermutter alle Mühe abzunehmen. »Es werden doch ein paar Gäste anrücken –«, sagte sie lachend. Und die ließen auch nicht lange warten. Nachbarn, alte Geschäftskollegen – sogar Schulkameraden fanden sich ein, bei fröhlichster Laune wurde auf den Jubilar angestoßen. Blumen, Weinflaschen und allerlei verpackte Dinge standen auf der Kredenz herum. Hannelore kümmerte sich um alles, schenkte ein, teilte Kuchen und Torte aus, sorgte für genügend Sitzplätze – sie war ganz in ihrem Element, konnte sich bewegen und die Unterhaltung führen – alle fanden, daß sie das großartig machte.

Nein, nicht alle. Mutter Gwendel saß neben ihrem Mann und fühlte sich innerlich wie erstarrt vor Ärger und Abwehr. Es war sonnenklar, Hannelore hatte diesen ganzen Rummel inszeniert, hatte überall ausposaunt, daß der Geburtstag gefeiert wurde. Und da Vater Gwendel allgemein beliebt war, hatte es ja so kommen müssen. Nun saß er da in seinem bequemen Polsterstuhl, sprach nach seiner Gewohnheit fast nichts, schüttelte jedoch fröhlich all die gebotenen Hände und schien Vergnügen an der Sache zu finden. Aber mußte man nicht befürchten, daß es über seine Kräfte ging – konnte nicht schon die folgende Nacht einen Zusammenbruch bringen? Wer war dann schuld daran? Sie selbst gewiß nicht – sie hatte alles getan, um dies hier zu verhindern.

»Mutter, du hast ja die Torte noch gar nicht versucht!« Hannelore reichte ihr ein Stück auf dem geblümten Tellerchen mit Goldrand. Aber Mutter Gwendel wehrte entschieden ab. »So was bekommt mir nicht, ist zu schwer für meinen Magen.« An sich war ihr Magen noch ausgezeichnet, aber es war ihr, als müßte sie daran ersticken, wenn sie von dem Tortenstück essen wollte.

Der Nachmittag ging vorüber, und wieder war es die Schwiegertochter, die dafür sorgte, daß die Gäste beizeiten aufbrachen, daß es ruhig in der Wohnung wurde. Sie räumte die Wohnung auf und spülte das Geschirr – sie ließ es sich nicht nehmen, und Mutter Gwendel mußte mit ihrem Mann und Hannes gemütlich im Wohnzimmer sitzenbleiben. Nur Bärbelchen durfte in der Küche Gläser und Teller abtrocknen und die letzten Tortenkrümel von der Porzellanplatte lecken. Einmal klirrte es draußen – Mutter Gwendel zuckte zusammen: sie hatte es kommen sehen, es war bestimmt einer von den Goldrandtellern, die noch von ihrer Mutter da waren, sie hatte nur noch wenige davon. »Aber das macht doch nichts«, winkte Opa ab, als Bärbelchen ganz geknickt mit den Scherben unter der Tür stand. »An solch einem Tag darf auch was in Scherben gehen!« Da konnte Mutter Gwendel nichts weiter sagen. Aber in ihrem Herzen quoll die Empörung, als habe das Kind es aus reiner Bosheit getan.

Endlich war es durchgestanden. Die Jungen zogen sich nach unten zurück und schlossen die Haustür für die Nacht. Den Abend hatten die alten Gwendels ganz für sich. Mutter Gwendel bereitete das Abendessen, aber die innere Spannung ließ nicht nach, irgendein Druck lag auf der Brust und beengte ihr den Atem.

Drunten wurde die Hausglocke geläutet. Vielleicht noch ein verspäteter Gratulant? Sie würde ihn abwimmeln, für heute war es wahrhaftig genug. Mit raschen Schritten ging sie zur Sprechanlage. »Ja bitte?«

Eine Bubenstimme tönte, doch sie mußte

noch einmal fragen, ehe sie begriff, was der Junge wollte: »Ich bin Laufbursche bei Konditor Kimmel – ich soll das Geld für die Geburtstagstorte kassieren.«

Mutter Gwendel verschlug es fürs erste die Sprache. Dann holte sie ihre Geldbörse aus der Schublade und polterte die Treppe hinunter. Unter der Haustür bezahlte sie den Jungen – es war eine Menge Geld, nie hatte sie gewußt, wie teuer Torten waren, und ein Trinkgeld mußte sie anstandshalber auch noch draufgeben! Dann ließ sie schmetternd die Haustür wieder ins Schloß fallen.

Im Erdgeschoß wurde die Glastür geöffnet, Hannelore stand auf der Schwelle. »Du, Mutter – ist was passiert? Du bist ja ganz rot im Gesicht – ist dir nicht gut?«

»Oh doch – mir ist großartig«, sagte Mutter Gwendel mit überschnappender Stimme. »Habt ihr euch überhaupt erst erkundigt, was euer Geburtstagsgeschenk uns kostet? Dabei hätte ich selbst Kuchen genug gehabt!«

»Ich versteh nicht, was du meinst, Mutter. Könntest du nicht deutlicher sagen . . .«

»Oh ja, an Deutlichkeit soll's nicht fehlen, wenn ich mich auch vielleicht nicht so gewandt ausdrücken kann wie manche Leute. Du weißt genau, daß ich diese Geburtstagsfeier nicht haben wollte – es ist für Vater einfach zu viel. Erst recht nicht diese Torte, die ich da eben bezahlt habe. Aber was fragst du schon danach, was wir haben wollen und was nicht, ob dein Lebensstil auch für uns der richtige ist oder nicht. Hauptsache, daß wir die Esel machen und euch die Säcke tragen, bis wir zusammenbrechen. Daß wir die Rechnungen bezahlen, die man uns präsentiert . . .«

Hannelore war ganz bleich geworden. Sie versuchte ein paarmal, der Schwiegermutter ins Wort zu fallen, aber die war in Fahrt gekommen und ließ sich nicht bremsen. Sie konnte sich nachher kaum mehr erinnern, was alles sie gesagt hatte – der ganze angestaute Groll entlud sich, ihre Worte sprudelten nur so hervor.

Das Klingeln des Telefons unterbrach sie endlich. Hannelore verschwand im Flur und kam gleich darauf zurück: »Es ist Konditor Kimmel – für dich.« Widerwillig ging Mutter Gwendel und nahm den Hörer. Ja, es war der Konditormeister, und er entschuldigte sich mit vielen Worten für das Versehen, das seinem Gesellen unterlaufen war. Der hatte den Laufburschen losgeschickt, das Geld für die Torte zu kassieren, obwohl das Geld schon im voraus bezahlt worden war, von Hannes Gwendel persönlich ... Mutter Gwendels Beredsamkeit aber war schlagartig versiegt, man hörte sie nur stockend ein paar Worte sagen: »Oh, das macht doch nichts! – Nein, es eilt nicht, heute bitte nicht mehr! – Bitte sehr, so was kann doch vorkommen! – Gute Nacht, Herr Kimmel!«

Dann standen sich die beiden Frauen gegenüber und wußten nicht, was sie sagen sollten.

»Warum hast du's nicht gleich gesagt –?« fragte die Mutter.

»Wollte ich doch die ganze Zeit«, antwortete Hannelore hilflos.

»Freilich – ich hab dich nur nicht zu Wort kommen lassen«, sagte die Mutter verlegen.

»Ach Mutter, hättest du nur schon lang diese Dinge gesagt –! Wir müssen unbedingt über das alles einmal reden.«

Mutter Gwendel winkte müde ab. »Für heute ist's genug. Gute Nacht. Und langsam ging sie die Treppe zu ihrer Wohnung hinauf, während Hannelore noch immer unter der Tür stand und ihr wie benommen nachschaute.

In ihrer Küche ließ sich Mutter Gwendel schwer auf einen Hocker fallen und blickte ins Leere. Was war denn nur geschehen? Was war da aus ihr herausgebrochen – unaufhaltsam –?

Hatte sie nicht geglaubt, ihr Herz sei voller Liebe, Geduld und Selbstlosigkeit? Aber was da ans Licht gekommen war – das war – was war es eigentlich? Eifersucht, Mißgunst, gekränkte Eitelkeit – im Grunde der blanke Haß! Noch nie in ihrem Leben war Mutter Gwendel so tief über sich selbst erschrocken, ihre ganze verkrampfte Selbstgerechtigkeit fiel in sich zusammen. Und sie schämte sich, wie sie sich noch nie geschämt hatte.

»Mutter, gibt es bald Abendbrot?« Das war die Stimme ihres Mannes, und sie klang wohlgelaunt. Er saß im Wohnzimmer, packte seine Geschenke aus und freute sich wie ein Kind. Wie er den Tag genossen hatte – all die lieben Gesichter um ihn herum, die freundlichen Worte! Und vor allem das liebevolle, harmonische Zusammensein mit den Jungen, mit Hannelore und dem Kind, das ihm so lieb war wie ein eigenes Enkelkind. Er ahnte ja nicht, was geschehen war. Niemals konnte sie wieder gutmachen, was sie im ungerechten Zorn angerichtet hatte! Was mochte Hannes sagen, vielleicht gerade jetzt, wenn ihm seine Frau all das Schlimme erzählte? Sie hatte den Frieden des Hauses, hatte die Familiengemeinschaft zerstört – und das ausgerechnet zum Weihnachtsfest. In vierzehn

Tagen hatten sie miteinander Weihnachten feiern wollen, sie hatte bereits die Geschenke gekauft und bereitgelegt – aber nun? Es würde ein trostloses Weihnachtsfest werden! Am schwersten war ihr das Herz im Gedanken an ihren Mann – wie sollte sie es ihm nur beibringen?

Sie saß ihm gegenüber, während er sich den Käse in Würfelchen schnitt und voll Behagen mit der Gabel verzehrte, zum Butterbrot und den Gurkenscheiben. Sie selbst konnte keinen Bissen essen. Aber sie brachte es nicht über sich, ihm die böse Geschichte zu erzählen.

»Hast du keinen Hunger?« erkundigte er sich. »Hast wohl zuviel Torte gegessen?« Er war so ahnungslos . . .

Ehe sie sich zur Ruhe begaben, fragte Vater Gwendel wie so oft: »Weißt du auch noch unsre Tageslosung?« Er gab sich immer Mühe, wenn sie das Wort am Morgen gelesen hatten, es sich fest einzuprägen, daß es ihn durch den ganzen Tag begleitete. Aber in letzter Zeit fiel es ihm schwerer, längere Worte zu behalten. Zum Glück waren sie ihm meist wohlvertraut. Aber heute konnten sie es nicht mehr zusammenbringen und mußten das Büchlein zu Hilfe nehmen. Langsam las Vater Gwendel nochmals: »Darin steht die Liebe: nicht, daß wir

Gott geliebt haben, sondern daß er uns geliebt hat und gesandt seinen Sohn zur Versöhnung für unsre Sünden.« Sie waren eine Weile still darüber. »Ein gutes Wort, gerade vor Weihnachten«, sagte der Mann nachdenklich.

Mutter Gwendel sagte nichts. Aber das Wort, das am Morgen so ohne Bedeutung an ihrem Ohr vorübergeklungen war, das fiel jetzt in ihr Herz und brachte den Aufruhr zur Ruhe. Sie wußte, mit ihrer Liebe war es nichts gewesen, weder ihre Liebe zu Gott noch ihre Liebe zu den Menschen war in Ordnung. Sie hatte dem Haß in sich Raum gegeben und der Finsternis. Aber es gab eine Liebe, die stärker war, die die Kraft der Versöhnung besaß, die auch in ihrem Herzen das Böse überwinden konnte. Und mit einem neuen Ernst betete sie um Vergebung und um einen neuen Anfang. Sie wußte nicht, wie es mit den Kindern weitergehen würde, aber sie glaubte, daß alles recht werden müsse, und wurde darüber ganz ruhig.

Als sie ihren Mann schon eingeschlafen glaubte, räusperte er sich plötzlich nochmals und sagte: »Wenn dieser Geburtstag mein letzter gewesen wäre – man weiß es ja nie –, aber ich meine, es sei mein allerschönster gewesen. Was meinst du, Mutter?«

Sie konnte nicht antworten, aber ihre Hand tastete sich zu ihm hinüber und drückte die seine. Hand in Hand schliefen sie ein.

Eine Aussprache mit ihrer Schwiegertochter ergab sich erst am übernächsten Tag. Vater Gwendel war ins Städtchen gegangen, um Nägel zu kaufen, er wollte den Zaun ausbessern. Hannelore kam mit Bärbelchen an der Hand die Treppe herauf, und sie hatte eine Bitte: Könnte die Oma nicht einmal nachsehen, ob sie in irgendeiner Kommode ein weißes Nachthemd hatte, das dem Bärbelchen passen könnte. »Ich bin bei unsrer Kinderkirch-Weihnachtsfeier der Verkündigungsengel«, sagte das Kind stolz. »Aber ich hab kein weißes Nachthemd – nur solch bunte Schlafanzüge, damit geht das doch nicht.« Nein, das sah die Großmutter ohne weiteres ein, und sie fand auch ein sehr passendes Hemd, das stammte noch von ihrer eigenen Mutter; es war zwar ein bißchen vergilbt, doch es sah ganz wunderhübsch aus mit den Spitzenbesätzen am Hals und an den Ärmeln. Bärbelchen zog ganz beglückt damit ab, doch ihre Mutter setzte sich noch für eine kleine Weile zur Schwiegermutter.

»Ich muß mich bei dir entschuldigen, Hannelore«, begann Mutter Gwendel, »ich hab euch unrecht getan ...«

»Aber nein, Mutter« – unterbrach Hannelore, »du konntest ja nicht wissen – es war ein Versehen von Kimmels.«

»Ach freilich, aber all das andere, was ich da geredet habe – mein dummes Gequassel!«

»So dumm war das gar nicht, Mutter, ich habe lang darüber nachgedacht und mich geschämt. Man ist ja so gedankenlos. Wenn du nur schon lang über all das mit mir gesprochen hättest!«

Die beiden Frauen blickten sich an, und Mutter Gwendel spürte mit staunender Freude, daß ihr Groll verschwunden war, daß etwas wie Zuneigung in ihr aufstieg.

»Du bist mir also nicht böse?« fragte sie.

»Wie könnte ich! Um ganz ehrlich zu sein, Mutter – ich hab mich immer ein wenig vor dir gefürchtet. Du warst so unantastbar und beherrscht, du hattest eigentlich immer recht. Ich ging dir am liebsten aus dem Weg, um nicht dein Mißfallen zu erregen. Aber vorgestern abend, wie du da so außer dir auf der Treppe standest und losschimpftest – da erschienst du mir auf einmal so menschlich. Ich konnte deinen Zorn begreifen, und ich begriff auch auf einmal, wieviel Grund du hast, zornig gegen uns zu sein. Ich, Mutter, muß dich um Entschuldigung bitten!«

»Gut, dann wollen wir alles ruhen lassen und neu miteinander anfangen«, sagte Mutter Gwendel aus befreitem Herzen. Und da die beiden Frauen nun schon beisammen waren, besprachen sie auch gleich, wie das Weihnachtsfest gefeiert werden sollte, für oben und unten gesondert und doch auch gemeinsam, soweit das zu verkraften war.

»Ich hab für die Weihnachtszeit keine Näharbeit angenommen«, erzählte Hannelore. »Mein früherer Chef will sich zwar noch immer nicht damit abfinden, daß ich es nicht mehr als meine Aufgabe betrachte, die Kleiderkollektion auszuwählen und die Schnitte zu entwerfen. Aber wenn bis zum Frühjahr Bärbelchen ein Geschwisterlein bekommt, dann ist endgültig Schluß damit.

»Oh – ihr erwartet ein Kleines?«

»Ja, Mutter – aber es weiß noch niemand außer uns. Du sagst es dem Großvater, nicht wahr.«

Mutter Gwendel nickte. »Ich glaube, das wird seine größte Weihnachtsfreude werden.« Es kostet sie Mühe, ruhig zu sprechen. Eine seltsame Rührung machte ihr die Kehle eng. Und auch eine aufsteigende Scham: Der Herr, der sein Auto beim Birnbaum abstellte – das war natürlich der Chef der Kleiderfabrik, sie hätte ihn eigentlich kennen müssen. Ein achtbarer Herr, mit sehr netter Familie. Wie verblendet machte doch der Argwohn!

Es wurde ein schönes Weihnachtsfest, das sie miteinander feierten. Gedämpft wurde die Freude nur, weil Vater Gwendel das Bett nicht verlassen konnte. Aber es war nur eine Bronchitis, man durfte hoffen, daß er bald wieder auf die Beine käme. Hannes kam herauf und fragte, ob die Mutter mit ihm und Hannelore zusammen zum Weihnachtsgottesdienst gehen wolle. Sie sträubte sich, wollte ihren Patienten nicht allein zu Hause lassen. Aber Vater Gwendel ließ das nicht gelten. »Ihr geht miteinander – und ich lese für mich eine Predigt aus dem Gemeindeblatt.« Man durfte ihm nicht widersprechen. So kam es, daß Mutter Gwendel zwischen Sohn und Schwiegertochter in der weihnachtlich glänzenden Kirche saß und, von Wehmut und Freude bewegt, die Weihnachtsbotschaft hörte, als höre sie sie zum ersten Mal.

Auch an der Weihnachtsfeier der Kinderkirche konnten die Großeltern nicht teilnehmen. Dem Bärbelchen tat es schrecklich leid, es hatte sich besonders darauf gefreut. Aber dann fiel ihm ein, wie es dem Großvater doch eine Freude machen konnte. Ganz heimlich schlüpfte es im Nebenzimmer in das weiße Nachthemd der Urgroßmutter – es fiel bis zu den Füßen. Darüber leuchtete das Kindergesicht vor Stolz und Wonne. Der Großvater mußte die Augen schließen, bis die Kleine vor sein Bett getreten war. Und dann klang die helle Stimme:

»Siehe, ich verkündige euch große Freude, die allem Volk widerfahren wird; denn euch ist heute der Heiland geboren.«

Der Großvater lag mit gefalteten Händen, er lächelte, aber ein paar helle Tropfen sickerten ihm über die gefurchten Wangen.

Bei Frau Gaßmann klingelt das Telefon

Bei Frau Gaßmann klingelt das Telefon.

»Hallo, Mutter!«

»Ach Erika – wie nett von dir. Hab eben erst an euch gedacht. Grüß dich! Geht alles bei euch gut?«

»Ja, danke. Wir hatten schrecklich viel Umtrieb und sind alle ein bißchen erschöpft.«

»Ach ja, ihr habt euch doch neu eingerichtet, wenn ich das richtig mitgekriegt habe.«

»Ja, Mutter, die ganze Wohnung ist gründlich renoviert worden – neue Böden und phantastische Tapeten – so was hast du noch nicht gesehen! Wir haben bei der Gelegenheit auch die alten Möbel ausgetauscht – gegen Stilmöbel –, du wirst Augen machen! Herbert hat sich von einem Innenarchitekten beraten lassen. Jedermann ist begeistert – alles ist wie aus einem Guß!«

»So – auch neue Möbel? War das nötig?«

»Aber sicher. Die alten waren doch ziemlich schäbig – wir konnten sie in Zahlung geben. Jetzt, wo die Kinder größer sind, werden sie auch besser geschont. Die alten waren wirklich unmöglich, für heutige Begriffe . . .«

»Meinst du? Ich fürchte, Erika, meine Begriffe sind auch eher von gestern. Aber es geht mich natürlich nichts an.«

»Ach Mutter, ich bin sicher, es wird dir bei uns gefallen! Und deshalb ruf ich auch an: Wir laden dich herzlich ein, mit uns Weihnachten zu feiern! Herbert wird dir Heiligabend vormittags einen Chauffeur seiner Firma schicken, und dann kannst du hier bleiben, solange es dir gefällt. Auch das Gastzimmer oben ist neu, mit einem eigenen Bad. Du sollst es schön bei uns haben. Sehr verwöhnen kann ich dich freilich nicht – bin im Augenblick ohne Haushaltshilfe. Aber wie ich dich kenne, würdest du es ohnehin nicht aushalten, ohne ein bißchen mit anzufassen . . .«

»Sei mir nicht böse, Erika – aber für Weihnachten bin ich nicht mehr frei.«

Ein paar Augenblicke lang blieb es still in der Leitung. Dann kam eine ziemlich veränderte, fast gereizte Stimme: »Ach, ich verstehe. Du wirst über Weihnachten zu Marie-Luise fahren. Dort fühlst du dich wohler als bei uns. Der fromme Schwager mit seiner Kirchenmusik, das ist ein Christfest nach deinem Geschmack. Die

Kinder viel bräver als unsere – auch viel begabter – ich weiß, ich weiß. Natürlich hat Marie-Luise dich beschwatzt. Aber ich finde es nicht nett, daß ihr da eure Pläne macht hinter unserem Rücken. Nicht einmal Bescheid konntest du mir geben ...«

Frau Gaßmann hatte ein paarmal zu einer Entgegnung angesetzt, aber ihre Tochter ließ sie nicht zu Wort kommen, bis sie sich den Ärger vom Herzen geredet hatte.

»Es ist nicht, wie du meinst, Erika«, konnte sie endlich erklären. »Mit Marie-Luise hab ich von Weihnachten überhaupt noch nicht gesprochen. Nein, ich muß über die Festtage hierbleiben, ich hab's der Base Schöll versprochen.«

»Na hör mal – der Base Schöll? Das ist doch das alte Weiblein, die uns früher all unsre Kleider genäht hat. Schauderhafte Fähnchen waren das – ich geniere mich noch heute vor unseren Kindern damit, wenn wir alte Fotos ansehen.«

»Da gibt es nichts zu genieren. Ihr habt euch immer sehr wohl gefühlt in den Kleidchen, solange ihr noch Kinder waret. Vater und ich hätten für teure Sachen nicht das Geld aufgebracht. Das war doch, als Vater den Unfall hatte und lange arbeitslos war. Base Schöll hat es fertiggebracht, aus jedem Fetzen Stoff noch etwas zusammenzustücken, und immer waret ihr nett angezogen. Fast kein Geld hat sie dafür angenommen.«

»Na ja, Mutter – so genau weiß ich das nicht mehr. Aber jedenfalls sind wir überhaupt nicht verwandt mit ihr. Wie kannst du nur sagen, du müssest ihretwegen über Weihnachten zu Hause bleiben!«

Frau Gaßmann räusperte sich: »Also, ich will dir das erklären. Obgleich ich dir bestimmt schon davon erzählt habe. Base Schöll lebt noch in ihrem Häuschen in der Küblergasse, und sie ist fast blind geworden. Aber für ein Altersheim würde ihre winzige Rente nicht ausreichen, außerdem möchte sie ihre Wohnung nicht aufgeben, solange wie möglich. Es ist freilich nicht ungefährlich, daß sie so allein wohnt – es könnte ihr doch leicht etwas zustoßen, zumal ihre Sehkraft so schwach ist. Nun haben wir miteinander eine Abmachung getroffen: Ich rufe jeden Morgen ungefähr um die gleiche Zeit bei ihr an. Wenn sie dann abnimmt und antwortet, so weiß ich, alles ist in Ordnung. Noch einen anderen Zweck verbinden wir damit . . .«

»Was für einen Zweck?«

»Nun, sie kann ja selbst nicht mehr lesen. So sage ich ihr durchs Telefon jeden Tag aus dem

lantring, weiß selbst nicht der wievielte. Da wird's hoch hergehen über die Feiertage – dagegen haben wir freilich nicht viel zu bieten ...«

»Marie-Luise, was für ein Unsinn!« Frau Gaßmann war ganz entsetzt. Das war nun schon der zweite Ausbruch dieser Art, den sie zu hören bekam, und von Marie-Luise hatte sie ihn nicht erwartet. »Nein, nicht bei Erika werde ich Weihnachten verbringen, ich bleibe daheim. Und wenn du ehrlich bist, mußt du zugeben, daß es eine große Belastung für euch wäre, wenn ich eure Einladung annehmen wollte.«

»Wir hätten uns wirklich gefreut«, beteuerte Marie-Luise. Aber eine gewisse Unsicherheit war doch aus ihrer Stimme zu hören. »Die Kinder haben schon eine mehrstimmige Weihnachtsmusik geprobt, mit der sie dich erfreuen wollten. Sie werden sehr enttäuscht sein.«

»Sie brauchen nicht enttäuscht zu sein – ich werde doch einen Besuch bei euch machen. Leider seid ihr so umständlich zu erreichen, aber am Mittwoch vor Weihnachten fährt Nachbar Kalfaß mit seinem kleinen Lieferwagen die Strecke am Nachmittag. Er hat mir bereits versprochen, mich bei euch abzusetzen und später wieder abzuholen, wenn es euch paßt. Da kann ich euch meine kleinen Gaben bringen; und die Kinder spielen mir ihre Weihnachtsmusik vor, das ist dann euer Weihnachtsgeschenk für mich!«

»Oh ja, Mutter, es paßt uns wunderbar«, sagte Marie-Luise ehrlich erfreut. Und im Hintergrund jubelte eine Geige und eine helle Mädchenstimme: »Freue, freue dich, o Christenheit!«

Am Abend saß Frau Gaßmann ziemlich niedergeschlagen in ihrem Zimmer. Klein war es, aber doch gemütlich mit den altvertrauten Möbeln. Nirgends fühlte sie sich so wohl wie hier – aber jetzt war ihr das Herz schwer und unruhig. An der Wand über der Kommode hing ein Bild, eine vergrößerte farbige Aufnahme, die so besonders hübsch gelungen war: Erika und Marie-Luise als kleine Mädchen, Hand in Hand auf dem Weg zur Schule. Marie-Luise mit dunklem, gescheiteltem Haar und ernsthaftem Blick; Erika – mit rundem, lachendem Gesichtchen, von blonden, ein bißchen zerzausten Locken umrahmt – sie war immer ein Wildfang gewesen. »An ihr ist ein Junge verlorengegangen«, hatte Vater manches Mal – nicht ohne Wohlgefallen – gesagt. Und sie waren froh gewesen, daß Marie-Luise sich immer verantwortlich gefühlt hatte für die kleine Schwester. Unzertrennlich waren die Kinder gewesen, keines hatte ohne das andere sein wollen. Und heute? Sie waren einander ferngerückt, nachdem jede ihre eigene Familie hatte. Die Eltern hatten das bedauert, aber es war gewiß natürlich und unumgänglich gewesen. Heute aber dachte Frau Gaßmann: Sie haben sich nicht mehr lieb – ich fürchte, sie hassen einander! Das war eine schreckliche Entdeckung, und tiefe Niedergeschlagenheit ergriff immer mehr Besitz von ihr. Sie versuchte, sich aufzuraffen, sie schaltete den Fernseher ein. Ein Krimi: da floh einer in panischer Furcht – Schüsse peitschten im Dunkel . . . Eilig schaltete Frau Gaßmann wieder ab. Und ihr Herz pochte noch banger als zuvor.

Dann läutete wieder das Telefon.

»Base Schöll – guten Abend. Wie ist es Ihnen heute ergangen?«

»Danke, nicht schlecht. Denken Sie sich – ich hab mir heute Frikadellen gemacht! Es war eine mühsame Sache. Schon das Einkaufen – ich besorg mir ja alles in dem kleinen Laden bei dem Griechen, der kennt mich schon und weiß, was ich will. Aber wie man sich da vorkommt, wenn man wie ein kleines Kind den Geldbeutel hinreichen muß: ›würden Sie sich bitte das Geld selbst herausnehmen?‹ Nun ja, mein Grieche findet nichts dabei, und ich habe volles Vertrauen zu ihm. Er entfernt mir beim Gemüse und Suppengrün sogar gleich die schlechten Stellen, er weiß, daß ich sie nicht erkennen kann. Ist doch nett von ihm, nicht?«

»Riesig nett«, sagte Mutter Gaßmann.

»Ja, und dann habe ich's gewagt und einen Fleischteig gemacht. Es hat lange gedauert, aber er ist wirklich gut geworden, mit Gewürzen und allem. Ich hab die Frikadellen geformt und in der Pfanne gebraten – sieben Stück waren es. Ein merkwürdiges Gefühl, wenn man so brät und wendet und kaum sieht, was man in der Pfanne hat! Aber sie sind wirklich sehr gut geworden. Und ich hätte mir gewünscht, Sie wären dagewesen – ich hätte Sie so gern auch einmal zum Essen eingeladen!«

»Das ist lieb – aber Sie haben in Ihrem Leben schon so viel für mich getan, was ich selbst nicht konnte; jetzt gönnen Sie mir die kleine Freude, daß ich es noch ein bißchen wettmachen kann.«

Base Schöll zögerte, ehe sie weitersprach: »Nun ja – ich weiß, es würde Sie Überwindung kosten, etwas zu essen, was ich gekocht habe. Sie sind ja so reinlich und empfindlich.«

Frau Gaßmann widersprach ihr nicht. Sie konnte nicht leugnen, daß sie immer nur mit Widerwillen bei Base Schöll auch nur eine Tasse Kaffee trank; es war ja so schwierig für das Weiblein, ihr Geschirr einwandfrei sauber zu halten ...

Base Schöll schluckte hörbar einmal und fuhr dann fort: »Ich habe nun die übrigen Frikadellen in meinen Kühlschrank getan – da habe ich eine ganze Woche dran zu essen.«

»Ja, sehen Sie – und nächsten Sonntag sind Sie wieder mein Gast«, sagte Frau Gaßmann.

»Warum ich eigentlich anrief«, begann Base Schöll nochmals, »ich habe wahrhaftig unser Wort für den heutigen Tag vergessen. Ich weiß noch, daß wir es besonders schön fanden – aber es will mir einfach nicht mehr einfallen!«

Auch Frau Gaßmann mußte sich eine Weile besinnen. Und plötzlich fiel es ihnen beiden wieder ein, sie sagten es fast wie aus einem Mund: »Seid fröhlich in Hoffnung, geduldig in Trübsal, haltet an am Gebet.«

Als Frau Gaßmann den Hörer aufgelegt hatte, fühlte sie sich auf eine wunderbare Weise erleichtert und getröstet. Sie konnte aufatmen, konnte die Hände falten, sich und ihre Kinder dem Vater im Himmel befehlen, der soviel Wege hat, zu helfen und zu retten.

Die Woche vor Weihnachten war gekommen. Frau Gaßmann hatte mit Liebe und Sorgfalt die Geschenke ausgewählt. Auch wenn Erika mit ihrer Familie im Geld schwamm – sie wollte keinen Unterschied machen, jedenfalls nicht, was den Wert der Gaben betraf. So wählte sie aus alten Familienandenken eine zierliche Silberkanne – die paßte sicher gut zu den Stilmöbeln. Für Marie-Luise und ihre Familie hatte sie praktische, handfeste kleine Dinge gekauft, von denen sie wußte, daß sie erwünscht waren. Dazu kam ein Geldschein in einem Umschlag, von ihrer kleinen Rente abgezweigt, der sollte ihrer Tochter helfen, ihre zahlreiche Familie über die Weihnachtszeit etwas großzügiger als sonst zu versorgen. Auch gebacken hatte Frau Gaßmann – die einfachen Lebkuchen, Vanillebrezelchen und Nußschnitten, die sie Jahr für Jahr hergestellt hatte, sogar während der Kriegsjahre, und die für ihre Kinder immer zu Weihnachten gehört hatten. Für jede der Töchter stand eine große Büchse bereit, gefüllt mit dem duftenden, leckeren Gebäck. Nun freute sie sich selbst wie ein Kind auf die Besuche bei den Kindern und Enkelkindern.

Zuerst fuhr sie zur Erika.

Ja, das war eine phantastische Welt, in die sie da eintrat. Ein bißchen unwirklich kam Frau Gaßmann alles vor, oder so, als gehe sie durch eine Möbelhandlung der gehobeneren Klasse. Ihre Tochter machte sie auf all die Kostbarkeiten aufmerksam – dicke, handgeknüpfte Teppiche, wertvolle Original-Gemälde, Vitrinen mit Antiquitäten . . . Erika war auch sehr bereitwillig, bei allem den Preis anzugeben, doch sie merkte bald, daß ihre Mutter kaum darauf hörte. Nur bei dem prächtigen Konzertflügel im Salon blieb sie stehen. »Wer spielt darauf?« fragte sie.

»Unsere Bettina hat ein paar Jahre lang Stunden bekommen – aber sie hat nichts gelernt«, sagte Erika offenherzig.

»So wenig wie du einst – da war auch nichts zu wollen«, bemerkte ihre Mutter, und sie lachten miteinander. Doch dann strich Frau Gaßmann fast wehmütig über das seidenglatte, polierte Holz des Instruments. »So etwas sollte deine Schwester mit ihrer Familie haben«, murmelte sie und ging weiter.

Zum Glück gab es nach hinten zum Garten

ein einfacheres kleines Zimmer, mit Möbeln aus Kiefernholz und Zinngeschirr auf Regalen. »Hier ist es anheimelnd, hier wollen wir bleiben«, bat Frau Gaßmann.

»Aber Mutter, wir müssen zuerst noch nach oben – da ist auch alles neu. Du mußt doch das Gastzimmer sehen . . .«

»Bitte, verschone mich – ich hab für heute genug gesehen«, sagte Frau Gaßmann und ließ sich auf einen Armlehnenstuhl mit buntem Polster nieder. Erika nahm ihr gegenüber Platz.

»Du siehst übermüdet aus«, stellte die Mutter fest, während sie das Gesicht der Tochter musterte. »Hast zuviel gearbeitet – du solltest dich mehr schonen . . .«

»Sollte ich – ja, ich weiß«, entgegnete Erika und bekam einen bitteren Zug um den Mund. »Herbert ist auch nicht zufrieden mit mir: Keine Farbe im Gesicht, Runzeln, abgebrochene Fingernägel, das Haar verliert den Glanz – er ist es anders von mir gewöhnt. Aber man wird älter, man müßte sich Ruhe gönnen und Pflege. Wie kann ich das, wenn ich den ganzen Haushalt selbst machen muß? Die wertvollen Möbel und alles sollen ja nicht verwahrlosen . . .«

»Hattest du nicht diese jugoslawische Putzfrau, mit der du so zufrieden warst?«

Erika winkte mit trübem Gesicht ab. »Ja, sie war sehr tüchtig, aber in letzter Zeit war mir nicht mehr wohl dabei. Unsre wertvollen Sachen haben ihr gewaltig in die Augen gestochen, sie war geradezu fasziniert. Einmal brachte sie sogar ihren Mann mit – unter dem Vorwand, er müsse ihr beim Reinigen der großen Fensterscheiben helfen. Ja, das hat er auch getan – aber ich habe genau beobachtet, wie sie mit ihm tuschelte, wie sie ihm dies und jenes zeigte, wie seine Augen glitzerten vor Staunen und – was weiß ich . . . Ehrlich – ich hab kalte Füße bekommen. Ich will ja keinem Menschen was Schlechtes zutrauen, aber man hört doch so mancherlei. Ich bin oft allein zu Hause, und wenn wir in Urlaub fahren, steht das Haus wochenlang leer. Jedenfalls – ich hab ihr gesagt, daß sie nicht mehr zu kommen braucht. Ich mache jetzt alles selber . . .«

»Oh –«, sagte Frau Gaßmann nur und schwieg eine Weile nachdenklich. Nein, Ängste und Plagen dieser Art hatte sie in ihrem Leben nicht kennengelernt, und die Tochter tat ihr herzlich leid.

»Bist du heute auch allein zu Hause?« fragte

sie endlich. »Deinen Mann und die Kinder hätt ich auch gern gesehen. In der Vorhalle war mir doch, ich höre irgendwo im Haus Musik.«

»Ja, das ist oben, bei Bettina. Sie hat ja ein schickes Studio-Zimmer, und fast immer sind junge Leute da zu Besuch. Dann läuft die ganze Zeit Pop-Musik, sie tanzen und amüsieren sich – nach meinem Geschmack ist das natürlich nicht. Aber die heutige Jugend ist eben anders als wir waren. Was will man da machen? Ich wage jetzt nicht, hinaufzugehen und hineinzuplatzen – sie werden da recht sauer. Aber nachher zum Kaffeetrinken werd ich ihr hinaufläuten, dann kommt sie hoffentlich.« Erika seufzte. »Mit Bernd haben wir es noch schwieriger. Er studiert jetzt schon im fünften Semester. Aber ich fürchte, er tut alles andere als arbeiten. Wohnt in einer Kommune und kommt ganz selten heim. Ich wollte ihn einmal besuchen – du kannst dir nicht vorstellen, wie es in dieser Wohnung aussah –, Wohnung kann man das überhaupt nicht nennen! Und dabei bezahlt ihm sein Vater soviel, daß er sich ein eigenes Appartement leisten könnte! Ich hab mit meiner Meinung nicht hinterm Berg gehalten – aber was glaubst du – es fehlte nicht viel, und sie hätten mich hinausgeworfen. Ich mußte machen, daß ich wegkam. So ein paar rabiate Biester sind dabei ...«

»Oh –«, sagte Frau Gaßmann wieder. »Und Bernd war doch immer solch lieber, netter Junge.«

»Das ist er im Grunde auch jetzt noch«, sagte Erika und wischte sich ihre Augen, die plötzlich von Tränen überschwemmt waren.

»Und Herbert?« fragte ihre Mutter.

»Der geht vollständig in seiner Fabrik auf – wir bekommen ihn kaum zu Gesicht. Und auch zu Hause ist er ständig von geschäftlichen Überlegungen und Berechnungen erfüllt. Er wollte heut eine Ausnahme machen und dir zulieb früher nach Hause kommen; aber jetzt vor Weihnachten sei der Wettkampf und die Hektik besonders schlimm – er hat sich nicht frei machen können ... Verzeih, Mutter, wenn ich dich mit meinem Gejammer belaste. Aber du kannst mir glauben, ich hab mir mein Leben anders vorgestellt!«

Sie schwiegen eine Zeitlang; Frau Gaßmann fühlte sich beklommen. Es war so mancherlei, das sie der Tochter gern gesagt hätte. Aber sie fand keine Worte dafür.

»Wie gut hat's dagegen Marie-Luise getroffen«, begann Erika wieder. Ich war lang nicht mit ihr zusammen – aber ich ertrag das auch nicht, wenn sie von ihren Kindern erzählt. Da scheint nichts schief zu laufen, auch in ihrer Ehe nicht. Natürlich denkt sie, sie hat einen besseren Mann als ich, ihre Kinder taugen mehr als meine, ich habe jämmerlich versagt! Sie war ja schon früher – daheim und in der Schule – mir in allem über, immer sollte ich sie mir zum Vorbild nehmen ...«

»Aber Erika«, fiel Frau Gaßmann erschrokken ein, wie sprichst du denn von deiner Schwester! Dabei habt ihr euch doch so gern gehabt und seid immer bestens miteinander ausgekommen – hast du das vergessen? Jede von euch war froh an der Schwester – auch Marie-Luise hat dich oft genug gebraucht. Du warst viel praktischer als sie – ich weiß, sie wollte sich nie auch nur eine Bluse kaufen, ohne dich um Rat zu fragen. Deine heitere Art hat sie oft aufgemuntert, wenn sie sich bedrückt fühlte – sie neigte immer ein bißchen zu Melancholie. Ihr habt einander viel bedeutet – ich kann nicht glauben, daß dies heute nicht mehr möglich sein sollte!«

Erika nickte. »Ich weiß noch alles, Mutter, und bin oft unglücklich, daß es vorbei ist. Aber warum reizt sie mich denn mit ihren Erfolgsberichten ...?«

»Hm – überleg doch mal, Erika, machst du es denn nicht ebenso, forderst sie damit geradezu heraus? Hast ihr wohl des langen und breiten vor Augen gemalt, wie glänzend ihr finanziell gestellt seid, was alles ihr euch leisten könnt? Muß das nicht den Neid wecken – auch Marie-Luise ist ein Mensch wie du und ich –, den Neid und das Bedürfnis, auch selbst ein bißchen aufzutrumpfen mit dem, was man hat? Oder aber sich abzuwenden und zu verschließen gegen den, der scheinbar soviel besser dran ist?«

»Meinst du?« Erika schien betroffen und nachdenklich. »Du hast vielleicht recht, Mutter – ich hab mir darüber noch nie Gedanken gemacht. Aber wie müßte ich mich denn verhalten ...?«

»Wie soll ich das wissen, Kind? Vielleicht solltest du ihr einmal – anstatt von eurem Besitz und eurem Wohlleben – lieber von deinen Sorgen erzählen, so wie du es heute bei mir getan hast. Ich könnte mir denken, sie erzählt dir dann auch von ihren eigenen Sorgen – und die hat sie so gut wie du, das kannst du mir glauben. Meinst du nicht, daß ihr einander viel Trost und Hilfe geben könntet? Was finden wir Besseres im Leben als Menschen, die es gut mit uns meinen, an die wir uns immer wenden können – und wie selten sind sie leider! Eine Schwester zu haben – ich hab mir das immer gewünscht. Aber man darf nicht beständig vergleichen, sonst ist alles verdorben! Wir wissen doch, daß Gott uns führt und jedem Menschen seinen Teil zumißt, mit Gutem und mit Schwerem, so wie es am besten für uns ist.«

Man hörte eine Tür ins Schloß fallen. Erika erhob sich: »Das war die Haustür – vermutlich hat Bettina die jungen Leute jetzt weggeschickt, um ihre Großmutter zu begrüßen. Ich mache gleich den Kaffee.«

Im nächsten Augenblick wurde die Tür aufgerissen, Bettina stürmte herein, begrüßte die Großmutter und gab ihr einen Kuß. »Du kannst den Kaffeetisch decken«, wies die Mutter sie an, ehe sie in die Küche hinausging. Und Bettina begann auch sogleich damit, breitete eine hübsche Stickereidecke über den runden Tisch und holte das Porzellan mit dem Rosenmuster aus der Vitrine.

Frau Gaßmann beobachtete die Enkelin aufmerksam. Der erste Eindruck war ein gelinder Schock gewesen, das konnte sie sich nicht verhehlen. So lange war es doch nicht her, seit sie das Mädchen zum letzten Mal gesehen hatte – aber wie sehr hatte Bettina sich verändert! Diese engen Jeans, die unmögliche Bluse, die mächtige Lockenmähne, grünliche Schatten um die Augen und rotlackierte Fingernägel – und das war ihre Enkelin?! Gab es denn noch irgendeinen Zusammenhang, eine Verbindung zwischen ihnen?

Aber allmählich erholte sich Frau Gaßmann von ihrem Schreck. Wie flink und geschickt diese Hände mit Tassen und Tellern umgingen, wie hübsch sie alles arrangierten! Ein paar Tannenzweige und ein Zinnleuchter mit dickem Wachslicht in der Mitte – richtig einladend und festlich sah es aus. Und dabei plauderte Bettina ganz unbefangen, erkundigte sich sogar nach Großmutters Befinden. Ihre Mutter brachte die Kaffeekanne und stellte den Kuchen der Großmutter auf den Tisch. Es wurde eine wirklich gemütliche Kaffeestunde, während draußen der Tag schon grau verdämmerte. Das Wachslicht verbreitete einen warmen, weihnachtlichen Schein, und die drei Menschen fühlten sich auf eine herzliche Weise miteinander verbunden.

»Wie geht es dir denn in der Schule, Bettina?« erkundigte sich Frau Gaßmann.

Bettinas Gesicht verdüsterte sich. »Ach, davon reden wir lieber nicht, Großmutter. Ich werde wohl sitzenbleiben – die Klasse wiederholen müssen. Die Schule hängt mir meterlang zum Hals heraus – das kannst du dir gar nicht vorstellen.«

»Warum hörst du nicht auf damit? Was möchtest du denn werden, hast du keine Pläne?«

»Hm – augenblicklich – vielleicht Fotomodell –!« Es klang nicht sehr überzeugt.

»Ich finde, dafür siehst du viel zu gesund aus«, stellte die Großmutter fest.

»Du meinst, ich bin zu dick dafür!« lachte Bettina. »Ja, das ist auch mein großer Kummer. »Ich möchte gar so gern zart und zerbrechlich aussehen, und ich hab mich schon unwahrscheinlich angestrengt und gehungert; aber dann kommt ein solcher Heißhunger über mich, daß ich mitten in der Nacht aufstehen muß und in der Küche den Kühlschrank plündern. Am nächsten Tag dann, wenn ich mich auf die Waage stelle – oh, es ist zum Heulen!« Aber Bettina heulte nicht, sie lachte übers ganze Gesicht. »Siehst du, Großmutter, und dann kommst du und bringst solch einen wundervollen Apfelkuchen – nein, da kann ich nicht widerstehen!« Und Bettina biß mit ihren gesunden Zähnen herzhaft in ihr Kuchenstück.

»Zum Glück!« bestärkte sie die Großmutter und strahlte selbst vor Vergnügen. Nein, es gibt bestimmt Berufe, für die du dich besser eignest.«

Bettina wurde plötzlich ganz ernsthaft. »Weißt du, was mir gefallen würde, Großmutter? Krankenpflege . . .«

»Wunderbar!« sagte Frau Gaßmann. »Siehst du, das zu lernen, hab ich mir als junges Mädchen auch gewünscht. Aber meine Eltern brauchten mich daheim. Warum versuchst du es nicht damit? Ich kann mir nichts Schöneres denken!«

»Ihr Vater möchte es nicht haben«, antwortete Erika anstelle ihrer Tochter. »Aber reden wir doch von was anderem – die Zeit vergeht so schnell. Darf ich dir nochmals einschenken, Mutter?« Und sie hantierte ein bißchen nervös mit der Kaffeekanne.

Als Beschluß ihrer Kaffeerunde einfach aufzustehen und vom Tisch wegzugehen – das wäre ihnen allen merkwürdig erschienen. Da brachte es Frau Gaßmann fertig und sagte: »Ich darf doch einen Vers aus einem Adventslied sprechen?« Sie faltete die Hände, und die beiden taten es ihr nach, als müßte es so sein. Beinahe feierlich klangen die altvertrauten Worte:

»Ach mache du mich Armen
zu dieser heilgen Zeit
aus Güte und Erbarmen,
Herr Jesu, selbst bereit.
Zeuch in mein Herz hinein
vom Stall und von der Krippen,
so werden Herz und Lippen
dir allzeit dankbar sein.«

Eine ganze Weile blieb es still. Dann blickte Bettina fröhlich auf und sagte: »Schön, Großmutter! Schön war das! Jetzt gehe ich in die Küche und mach den Abwasch, damit ihr noch eine Weile zusammensitzen könnt. Und dann – ja dann wird es Zeit, wenn du den Omnibus erreichen willst, und ich darf dich begleiten, nicht wahr!«

Voller Eifer stellte sie das Kaffeegeschirr auf dem Tablett zusammen, niemand sollte ihr dabei helfen. Und bald hörte man sie in der Küche munter mit dem Geschirr klappern und dabei vor sich hin trällern.

»Was für eine liebe Tochter du hast!« sagte Frau Gaßmann aus tiefstem Herzen.

»Nun ja – wenn sie nur immer so hilfsbereit und liebenswürdig wäre!« Erikas Stimme klang reserviert, aber man konnte ihr doch Befriedigung anmerken über das Lob.

Frau Gaßmann versuchte, Bettinas Berufswünsche nochmals zur Sprache zu bringen, aber darauf ging Erika nicht ein.

»Was du über mein Verhältnis zu Marie-Luise gesagt hast, Mutter – das geht mir nicht aus dem Kopf«, sagte sie. »Ich wünschte wirklich, es könnte wieder anders werden zwischen uns. Obgleich – letztlich ist man doch immer allein.«

»Das muß nicht sein«, widersprach Frau Gaßmann. »Denk an mein Leben, seit Vater nicht mehr bei uns ist. Ich bin wohl manchmal traurig – das Heimweh wird niemals aufhören, solange ich lebe. Aber ich hab mich noch keinen Tag einsam gefühlt.« Sie blickte in die Flamme der Kerze, die Bettina auf dem Tisch hatte brennen lassen, und fuhr fort: »Bei meinem Weihnachtsgeschenk für euch ist auch ein Losungsbüchlein, so wie jedes Jahr. Ich fürchte, du hast noch selten hineingeschaut. Aber wirf's nicht weg. Mir hilft es jeden Tag, fröhlich und zuversichtlich zu leben. Und ich glaube, es könnte auch für dich eine Hilfe werden. Eine

Beziehung schaffen zum Vater im Himmel, der uns liebt und täglich für uns sorgt, und bei dem wir unsere ewige Heimat haben.«

»Ach Mutter – für dich ist das alles so einfach«, sagte Erika. Da stand schon Bettina unter der Tür, um die Großmutter zum Omnibus zu begleiten.

Arm in Arm wie Freundinnen machten sie sich auf den Weg. An der Haltestelle umhalste Bettina die Großmutter noch schnell. »Komm bald wieder – und ein schönes Weihnachtsfest!« Dann stand sie und winkte dem Bus nach. Frau Gaßmann winkte durch die Scheiben zurück, das Herz weich vor Rührung und Zuneigung. Und voll Vertrauen, daß der Vater im Himmel auch den Weg dieses Kindes segnen werde.

Der Besuch bei Marie-Luise fiel kürzer aus. Das lag daran, daß Nachbar Kalfaß schon nach einer guten Stunde wieder kam und Frau Gaßmann abholte. Aber eigentlich, fand Frau Gaßmann, reichte es ja auch. Es reichte zu einer Kaffeerunde: hier saßen Kinder und Eltern dichtgedrängt mit ihr um den großen Familientisch, es ging fröhlich und lebhaft zu, alle wollten der Großmutter möglichst viel erzählen. Zum Glück wurde auch dem mitgebrachten

Apfelkuchen alle Ehre erwiesen – so ergaben sich doch zwangsweise auch Gesprächspausen, mit begeistertem Mampfen ausgefüllt.

Anschließend wurde alles Geschirr in die Küche getragen und auf der Spüle aufgetürmt. »Jetzt kommt unsre Weihnachtsmusik – für dich, Großmama!« hieß es verheißungsvoll. Marie-Luise setzte sich an das Klavier, ihr Mann stimmte seine Querflöte, und jedes der Kinder holte mit leuchtender Miene sein Instrument aus dem Futteral. Sogar der Jüngste, ein kleiner Nachzügler, Knirps genannt, setzte ein goldschimmerndes Flügelhorn an die Lippen und blies die Backen auf wie ein richtiger Posaunenengel. Oh, wie das schmetterte und jubelte, als sie alle so richtig in Fahrt waren!« Leise, ganz leise öffnete Frau Gaßmann nach einer Weile die Tür und verschwand nach draußen. Sie war nie eine besondere Musikliebhaberin gewesen, und besonders volltönende Musik hörte sie lieber aus einer gewissen Distanz.

Als das Konzert zu Ende war und die Musikanten tief atmend, mit heißen und glücklichen Gesichtern in die Wirklichkeit zurückkehrten, da erschien auch die Großmutter wieder auf der Schwelle und lächelte dankbar und beglückt. Ihre Tochter allerdings durchschaute sie rasch:

»Aber Mutter – du warst in der Küche und hast das Kaffeegeschirr abgespült!« Enttäuschte, vorwurfsvolle Gesichter – aber die Großmutter beschwichtigte: »Aber Kinder – ich habe euch die ganze Zeit gehört – es war wunderschön und hat mich sehr gefreut. Besonders die Weihnachtslieder, die immer wieder eingestreut waren, da hab ich mitgesungen – es war mir ganz weihnachtsfestlich zumut. Ihr habt das großartig gemacht!« Da hellten sich die Gesichter wieder auf.

»Und Frau Knüle hat kein einziges Mal an die Decke geklopft!« sagte Knirps mit tiefer Befriedigung, während er sein Horn umdrehte, das Kondenswasser auslaufen ließ – nicht auf den Fußboden natürlich, sondern auf den dafür bestimmten Lappen – und das Instrument wieder in die Hülle versenkte.

»Tut sie das denn öfters?« fragte die Großmutter bedenklich.

»Ja, manches Mal«, gab Marie-Luise zu. »Es ist ihr auch nicht zu verdenken, sicherlich ist es kein Vergnügen, unter einer so lauten und temperamentvollen Familie zu wohnen, wie wir es sind. Wir geben uns ja Mühe, aber . . .«

»Ich hab mit ihr gesprochen und ihr erklärt, daß wir heut für unsre Großmutter spielen«, sagte der lange Jürgen und lächelte schlau. »Sie hat dafür Verständnis und ist einkaufen gegangen ...«

Alle grinsten, und Marie-Luise sagte stolz: »Unser Jürgen ist ein Diplomat!«

Nun durfte sich die Großmutter noch ein Lied wünschen, alle standen um das Klavier und sangen aus vollem Herzen. Bis die Hausglocke läutete und die Großmutter sich hastig verabschieden mußte. »Ich darf den Mann nicht warten lassen – lebt wohl und feiert ein gesegnetes Weihnachtsfest miteinander. Es war so schön bei euch ...!«

Dann saß Frau Gaßmann neben dem Nachbarn in seinem kleinen Lieferwagen und war dankbar, daß er solch ein schweigsamer Mann war. Sie lächelte vor sich hin und freute sich auf ihr ruhiges, gemütliches Zuhause. Dabei klang das Lied noch in ihr nach, das sie eben in so froher Runde mitgesungen hatte, mit dem jubelnden Schluß: »Freue, freue dich, o Christenheit!«

Den Heiligen Abend feierte Frau Gaßmann still für sich. Sie stellte das alte Weihnachts-Transparent auf ihre Kommode – ganz vorsichtig, denn es war schon ein wenig brüchig – und eine Kerze dahinter. Dann schlug sie ihre Bibel auf und las den Bericht von der Christgeburt. Sie packte die Geschenke aus, die ihre Töchter ihr mitgegeben hatten, und stellte sich vor, wie auch bei ihnen jetzt gefeiert und ausgepackt wurde. Sie nahm die Briefe und Kartengrüße zur Hand, die sie mit der Post erhalten hatte, und dachte liebevoll an die nicht mehr sehr zahlreichen Freunde und Verwandten, die ihr noch geblieben waren. Mit besonderer Liebe und Rührung aber blickte sie auf das Bild des Lebensgefährten, der ihr vorangegangen war. Ja, sie redete mit ihm – es war ja niemand da, der sie hören und für verrückt halten konnte: »Wer weiß, wie oft ich Weihnachten noch ohne dich feiern muß – aber unsre Liebe ist unvergänglich – sie hat ihren Grund in der ewigen Liebe – die in der Christnacht als Menschenkind zu uns gekommen ist. Freue, freue dich, o Christenheit!«

Noch eine besondere Weihnachtsfreude wurde Frau Gaßmann zuteil, wenn auch verspätet, am Abend des zweiten Weihnachtsfeiertags. Sie wollte sich schon zur Ruhe begeben, da klingelte ihr Telefon. Es war Marie-Luise.

»Mutter – bist du noch auf? Ich wollt dir so

gern erzählen, daß wir heute – die ganze Familie mitsamt unseren Musikinstrumenten – bei Erika gewesen sind. Sie haben uns eingeladen, auch Herbert war zu Hause, und Bettina und Bernd. Es war wunderbar, das Musizieren in dem großen Wohnraum, mit dem Flügel – das kannst du dir vorstellen, nicht wahr!«

Frau Gaßmann lächelte und nickte, was Marie-Luise natürlich nicht sehen konnte. Aber sie brachte keinen Ton heraus.

»Wir haben nicht nur Musik gemacht«, fuhr Marie-Luise eifrig fort. »Die Kinder haben sich großartig miteinander verstanden, sie waren die meiste Zeit oben für sich. Und wir Erwachsenen hatten gute und erfreuliche Gespräche – schade, daß du nicht dabei sein konntest!«

»Was hätte ich dabei zu tun gehabt?« konnte Frau Gaßmann murmeln, aber Marie-Luise hörte es wohl gar nicht und berichtete weiter: »Denk dir, sie wollen uns behilflich sein, ein eigenes kleines Haus zu erwerben – Herbert kennt Möglichkeiten, von denen wir keine Ahnung hatten. An der Lemberger Halde – das ist gar nicht weit von dir entfernt – ist eine neue Wohnsiedlung geplant, und der Staat gibt günstige Kredite für kinderreiche Familien. Wir wollen ja bestimmt nichts Großartiges. Oh Mutter, ich würde mich so freuen, wenn wir ein wirkliches Heim finden könnten! Vielleicht schon bis zum nächsten Weihnachtsfest . . .«

»Ach Kind«, stammelte Frau Gaßmann.

»Nun gute Nacht, liebe Mutter – und hoffentlich habe ich dich nicht gestört –.«

»Nein, Kind«, sagte Frau Gaßmann und hatte die Herrschaft über ihre Stimme wiedergefunden, »du hast mich nicht gestört – du hast mir eine große Freude gemacht. Ich danke dir. Gute Nacht – und behüt euch Gott.«

Damit legte sie rasch auf, denn mehr zu sagen wäre ihr doch nicht möglich gewesen.

Lieferbare TELOS-Taschenbücher

2 Dale Rhoton
Die Logik des Glaubens
5 MacDonald
Wahre Jüngerschaft
10 Anton Schulte
Es gibt einen Weg zu Gott
11 Konrad Zeller
Dorothea Trudel
von Männedorf
13 Watchman Nee
Der normale Mitarbeiter
17 Elisabeth Seiler
Berufen und geführt
18 Elisabeth Seiler
Tut seine Wunder kund
19 Elisabeth Seiler
Wunderbar s. seine Wege
26 Karl-H. Bormuth
Alte Gebote u. neue Moral
27 George Verwer
Jesus praktisch erleben
28 Klaus Vollmer
Chance u. Krise d. Lebens
31 Hellmuth Frey
Zusammenschl. d. Kirchen
32 Wolfgang Heiner
Botschafter Gottes, Bd. 1
33 Wolfgang Heiner
Botschafter Gottes, Bd. 2
35 Heinrich Jochums
Heilsgewißheit
39 Heinrich Kemner
Wir wählen die Hoffnung
40 Wilhelm Gottwaldt
Fehler in der Bibel?
41 Alfred Lechler
Ein Arzt gibt Lebenshilfe
47 Otto Riecker
Mission oder Tod
55 Richard Kriese
Besiegte Schwermut
56 Peter Beyerhaus
Bangkok '73
57 Bill Bright
Die letzte Revolution
58 Edith Willies-Nanz
Pelicula
59 Siegfried Wild
Damit die Richtung ...
60 Luise Hubmer
Der Freude Grund (I)
61 Luise Hubmer
Des Lebens Kraft (II)
64 Rolf Scheffbuch
Ökumene contra Mission
65 Arthur Mader
Hören, Schweigen, Helfen
66 Friedrich Hauss
Bibl. Taschenkonkordanz
69 Frieda Wehle
Darum gehe hin
70 Herta-Maria Dannenberg
Komm zu mir nach Afrika
72 Alfred Stückelberger
Autorität – Ja oder Nein
73 Marie Hüsing
Anruf und Trost
75 Friedrich Kosakewitz
Mit Gottes Wort unterwegs
76 Jean Saint-Dizier
Ich bin geheilt
83 Betty Macindoe
Wo alle Wege enden
84 Rolf Scheffbuch
FRAG-würdige Ökumene
86 Karl Heim
Der geöffnete Vorhang
87 Richard Kriese
Ohne Angst in die Zukunft
88 Francis Schaeffer
Zurück zu Freiheit
und Würde
89 W. Ian Thomas
Man braucht Gott ...
90 Otto Riecker
Leben u. Gottes Führung
91 Kurt Scherer
Zu seiner Zeit
92 Friedrich Hauss
Biblische Gestalten
93 Michael Green
Dann lebt er also doch
94 Albert Jansen
Traum der Liebe
96 Erich Schnepel
Wirkungen des Geistes
97 Jakob Hitz
Seelsorge an sich selbst
98 Francis Schaeffer
Die neue religiöse Welle
100 Ludwig Schneller
Tischendorf-Erinnerungen
101 Edith Willies-Nanz
Gauchos hör. v. Christus
102 Anny Wienbruch
Ein Sommer mit Jakob
104 Rolf Scheffbuch
Zur Sache: Weltmission
105 Johanna Dobschiner
Zum Leben erwählt
106 Wilder Smith
Herkunft und Zukunft ...
107 Allan Sloane
Time to run
108 Rolf Scheffbuch
Jesus nach denken
109 Karl Backfisch
Christus i. e. atheist. Welt
110 Hellmuth Frey
Jesus allein oder ...
111 Otto Mosimann
Alles überwindende Liebe
112 Doreen Irvine
Die Königin der ...
114 Ernst Modersohn
Im Banne des Teufels
115 Stückelberger/Rossier
Was sagt u. Gott durch ...
116 Watchman Nee
Der Gebetsdienst
117 John R. W. Stott
Es kommt auch auf ...
118 Aimé Bonifas
Das Evangel. f. Spanien
122 G. C. Willis
Er aber war aussätzig
123 Fritz Hubmer
Die dreifache Freiheit ..
124 Daniel Schäfer
Einsame Heilige
125 Hermann Leitz
Engel gibt es
126 Immanuel Sücker
Weltraum, Mensch ...
127 Elisabeth Marwitz
Wächter über deinen ..
128 Wilder Smith
Ergriffen? Ergreife!
129 Udo Middelmann
Pro Existenz
130 L. A. T. Van Dooren
Realität der Auferstehun
131 L. A. T. Van Dooren
Gebet, das lebensnotw.
Atmen des Christen
132 Bruno Schwengeler
Verschob. Proportionen
134 Festo Kivengere
Erneuerte Gemeinden
135 Watchman Nee
Das Werk Gottes
137 Rolf Lindenmann
Von der Lebensangst
zur Lebensfreude
138 Anton Schulte
Leben ist Freude
140 Horst Zentgraf
Nimm, was dein ist
141 Hildegard Krug
Dein Weg wird hell
145 Michael Green
Jesus bedeutet Freiheit
146 Hermann Gschwandtne
Dein Haus für Christus
147 Erich Schnepel
Bauleute Gottes
148 Werner Kretschmar
Wie teuer ist das Glück?
149 Arno Pagel
Ludwig Hofacker
150 Hans Rohrbach
Anfechtung und
ihre Überwindung
151 Erich Hitzbleck
Wie finde ich
des Lebens Sinn?
152 Festo Kivengere
Wenn Gott handelt
153 Traugott Thoma
Vom Amboß
auf die Kanzel
154 Klaus W. Müller
Südsee-Missionare ...

Lieferbare TELOS-Taschenbücher

156 Helene Luginsland
Draußen vor dem Osttor
157 Müller/Erdlenbruch
Mission. Gemeindearbeit
158 Armin Mauerhofer
Die vollkomm. Erlösung
Jesu Christi
159 Hugh Steven
Manuel
160 Festo Kivengere
Jesu Gnade genügt
162 J. Oswald Sanders
Machtvoller Glaube
163 Richard Kriese
Dein Leid ist nicht sinnlos
164 Daniel Schäfer
Vom segnenden Leid
167 Elli Kühne
Gott ruft Menschen
169 Karl Kalmbach
Ein Urwalddorf
170 Michael Griffiths
Alles oder nichts
171 Thomas Bearth
Glaube u. Rationalismus
173 Werner Krause
Licht in meine Dunkelheit
174 Eva v. Tiele-Winckler
V. wahren Sinn d. Lebens
175 Paul Senf
Handaufleg. u. Heilung
176 Wolfgang Dyck
Vom Knast zur Kanzel
177 Bruno Neumann
Die Zahl 666
178 Elisabeth Schopff
Er ist's, der dir Kräfte gibt
183 Marie Hüsing
. . . wohl aber vertiefen
184 Heinrich Kemner
Es gibt nichts Schöneres
185 Heinrich Giesen
Sei fünf Minuten still
187 Rudolph u. Julie Buss
Zwanzig Jahre in China
188 John Stott
Die Autorität der Bibel
189 Alfred Gajan
Und einer geht mit mir
190 A. E. Wilder Smith
D. Erschaffung d. Lebens
191 Eva v. Tiele-Winckler
Kleine Strahlen von
der Lebenssonne
193 Oswald Smith
Glühende Retterliebe
194 Kornelia Herrmann
. . . und Schranken . . .
195 Ernst Trachsel-Pauli
Geistliche Musik
196 Herta-Maria Dannenberg
Es war noch nie so hell
197 Anny Wienbruch
Die Tat einer Mutter
198 Werner Krause
Danke für Weihnachten
199 Hildegard Krug
Mit Jesus durchs Leben
201 Wilhelm Steinhilber
Der feuerspeiende Berg
202 Horst Zentgraf
Du bist angenommen
203 Alfred Bosshardt
Seine Hand führte mich
205 L. A. T. Van Dooren
Lebendige Menschen –
brennende Gemeinde!
206 Erich Schnepel
Jesus im Römerreich
207 Anton Schulte
Ein Stück Himmel
auf Erden
209 Eleonore Lilke
. . . den Inseln die
Frohe Botschaft
210 James Rathlef
Ein Mann mit nur
einem Gedanken
212 Oskar Föller
Verbindliches Leben
213 Paul Walter Schäfer
Schritte zum Kreuz
215 Otto Krause
Unter Muschiken
und Tataren
217 Siegfried Schlieter
Absprung ins Morgen-
grauen
218 Gordon Bridger
Ein Tag, der die Welt
veränderte
219 Michael Green
Die Freiheit wählen
220 Horst Zentgraf
So kann es
anders werden
221 Wilhelm Busch
Gottes Auserwählte
222 Erich Schnepel
Jesus im frühen
Mittelalter
223 Alexander W. Karew
Ein Zeugnis von Jesus
Christus in der
Sowjet-Union
225 Herta M. Dannenberg
Einer lindert
deine Not
227 Wilhelm Busch
Mit Gott auf Du
228 Mary Brite
Noch über dem Tal
229 Etna Schulz
Kathi
230 Eva v. Tiele-Winckler
Briefe zum Lobe Gottes
231 Alfred Zeller
Samule Zeller
232 Joshua Daniel
John Wesley und die
Erweckung in England
233 Karl Heinrich Caspari/
Jörg Erb
Der Schulmeister
und sein Sohn
234 Roby Maharaj
Der Tod eines Guru
235 E. Peterson
Gemeinde – eine
Einrichtung des
Himmels
236 Martin Schacke
Gesetz und Glaube
237 Elli Kühne
Wenn man älter wird
238 Erich Hitzbleck
Nicht Affe sondern
Gottes Bild
240 Daniel Schäfer
Auf dem Friedhof
der Gestrandeten
241 Thyra Ferre Bjorn
Der Ruf des Lebens
242 Eugenia Price
Mut zum Nachdenken
243 Hildegar Krug
Stark sein durch Hoffen
245 Fritz May
Lebensmut und
Lebensfreude auch im
Alter
246 Bakht Singh
Das Geheimnis einer
erlebten Erweckung
248 L. A. T. Van Dooren
Das Leben,
das ich jetzt lebe
255 Stuart Harverson
Als Arzt im Orient